Rei Ruggero Centenaro

I disegni del Conte Achille Pastello

Youcanprint *Self-Publishing*

Titolo | I disegni del Conte Achille Pastello
Autore | Rei Ruggero Centenaro
ISBN | 978-88-92620-85-8

Youcanprint Self-Publishing
Via Roma, 73 - 73039 Tricase (LE) - Italy
www.youcanprint.it
info@youcanprint.it
Facebook: facebook.com/youcanprint.it
Twitter: twitter.com/youcanprintit

Finito di stampare nel mese di Agosto 2016

I disegni del Conte Achille Pastello

Prima parte

Quel raggio di sole, incuneatosi tra gli stretti vicoli, disegnò un fascio di luce nella piccola piazzetta di Grumello sul Vespro.

Erano le cinque e trenta del mattino di una tiepida mattina primaverile e, come tutte le mattine, in quel piccolo borgo si udiva soltanto il rumore di fondo del fiume Vespro che, sornione, lambiva le mura come in un fresco abbraccio alle cinquanta anime che abitavano questo incantevole centro di origine medievale.

Il primo ad accorgersi della novità fu Germano, l'edicolante, che quasi ci si scontrò.

Con la sua bicicletta aveva appena voltato da dietro la Chiesa e, proprio appoggiato ad una delle pareti della parrocchia di Santo Stefano, vide quell'uomo.

Un signore, seduto su uno sgabello, stava aprendo il suo ingombrante baule e spargendone il contenuto sul pavimento della piazza.

Germano, dopo essere riuscito proprio all'ultimo a scansarlo, scese dalla bicicletta, si scusò e salutò un po' stupito questo nuovo ospite di Grumello.

Aperta che ebbe l'edicola, Germano si sedette nel suo chiosco, i gomiti poggiati sulle ginocchia ed il mento poggiato sulle mani chiuse a pugno, si fermò curioso ad osservare la "novità".

Quell'uomo indossava abiti eleganti ma decisamente logori; aveva l'aspetto di un nobile decaduto.

Capelli nerissimi e fitti, riga al lato e dei baffetti alla Clark Gable. Poi, degli occhi grandi che, mentre continuava a svuotare il suo baule, incrociavano di tanto in tanto lo sguardo di Germano.

Erano quasi le sette, quando, il secondo Grumellese, incontrò il nuovo ospite. Leone, l'impiegato delle poste, andando al lavoro nel Paese vicino, si era fermato all'edicola e, dopo averlo visto vicino alla Chiesa, si fermò a chiacchierare con Germano interrogandosi su quella inaspettata novità.

Anche perché, l'ultima novità, che ormai risaliva a quasi un anno prima, non è che fosse stata ben accetta dagli abitanti del borgo. Dodici mesi prima, infatti, don Paolo, un giovane e rigoroso parroco di città, aveva preso il posto di don Alvise. Il vecchio parroco, seppur non perfettamente edotto e rispettoso dei precetti cristiani, si era occupato con diligenza dei semplici rituali religiosi del paesello e, con sapienza, dei peccati e delle assoluzioni dei suoi parrocchiani.

Quando don Paolo aprì le porte della Chiesa, trovò appoggiato sulla parete esterna quell'uomo. Era ancora seduto sullo sgabello e, dal baule, aveva tirato fuori un cavalletto da pittore, varie scatole di gessetti e carboncini oltre a diversi fogli bianchi.

Tutto intorno a se, aveva appeso delle caricature di personaggi famosi, perfette nei minimi dettagli, che rendevano facilmente riconoscibili i soggetti catturati dai gessetti dell'artista, senza che fosse necessario scriverne il nome.

L'unico nome, era impresso sul baule. Un scritta grande, con un carattere pieno di ghirigori, su un foglio attaccato all'interno del baule. Ora, con il coperchio alzato, era perfettamente leggibile: Conte Achille Pastello.

La piazza, ormai quasi totalmente illuminata dai raggi del sole del mattino, si era man mano popolata e, al rumore di fondo del fiume, si era unito il bisbigliare del borgo sorpreso da un evento imprevisto.

Il vociare cessò di colpo quando le porte della Chiesa si aprirono e ne uscì don Paolo. La curiosità degli astanti si concentrò, a quel punto, sulla reazione che il burbero prelato avrebbe avuto nei confronti di Achille Pastello che, peraltro, aveva osato addobbare le pareti della Chiesa con disegni satirici e frivoli.

Il comportamento di don Paolo lasciò tutti stupiti. Si limitò a spostare con un piede il lembo della coperta che l'artista aveva steso per terra, per evitare che si inceppasse sotto il portone della Chiesa. Lo guardò un attimo negli occhi, poi, si voltò, salutò rapidamente con la mano la piazza e rientrò in parrocchia.

Fu costretto ad uscirne nuovamente solo per redarguire Pierino, il sagrestano, che, prima di entrare in parrocchia e prendere servizio, aveva preso ad urlare contro Achille invitandolo ad allentarsi dal paese o, perlomeno, dalle mura della Chiesa.

Pierino, un sempliciotto un po' ritardato, fu costretto a sorbirsi una ramanzina circa la tolleranza, l'amore per il prossimo ed il dovere di ospitalità del buon cristiano.

"Eccolo qua, sig. Sindaco!" disse Eleonora la vigilessa che, appresa la novità, decise senza indugio di andare a chiamare il prof. Aurelio Scannagatta sindaco di Grumello sul Vespro.

In realtà, Eleonora era un'ausiliaria del traffico del più popoloso comune limitrofo, mandata nel piccolo borgo come unico rappresentante delle forza dell'ordine.

Il prof. Scannagatta, invece, era il sindaco uscente del comune vicino che, ormai anziano per la ferocia della lotta politica dei tempi moderni, fu nominato assessore. Gli fu assegnato un impalpabile assessorato al benessere e gli fu aperto un ufficio di rappresentanza a Grumello dove, per inciso, il professore aveva sempre abitato.

Fin dal primo giorno in cui prese servizio come assessore, i Grumellesi, smisero di chiamarlo professore (anche perché nessuno sapeva in quale materia ne avesse acquisito il titolo) e presero a chiamarlo sig. Sindaco. Evidentemente, l'austero e superbo Scannagatta, non si oppose ed accettò di buon grado questa nomina sul campo.

Con tono dolce ma fermo, infarcendo l'eloquio con citazioni latine e parole altisonanti, il sindaco si rivolse all'ospite dapprima dandogli il benvenuto e, subito dopo, avvertendolo che trattandosi di un borgo fuori dai più rinomati itinerari turistici, non avrebbe fatto grandi fortune come artista di strada. Scannagatta pensò bene, tuttavia, perché l'approccio fosse fermo ma non offensivo, di rivolgersi al nuovo arrivato, in ogni frase, con il titolo di "Conte".

"Quindi, Conte Achille, a nome di tutti i Grumellesi, che amano vivere nell'armonia che con pazienza, onestà ed impegno hanno saputo creare e preservare in questo prezioso centro abitato, le consiglio di diffondere la sua arte in luoghi ove le sue straordinarie capacità possano trovare maggiori soddisfazioni in termini di PECUNIA ET GLORIA".

Come di consueto, alla citazione latina, si arricciò il baffo e si guardò intorno per essere certo che fosse stata sentita da quante più persone possibili.

Soddisfatto del suo discorso, aspettava una reazione del Conte che, invece, non ci fu. L'artista continuò a disegnare imperterrito alternando lo sguardo tra il suo foglio ed il baffuto politico che gli parlava.

Scannagatta stava per perdere la pazienza quando, Achille Pastello, posò per terra il carboncino e girò il foglio verso il politico.

Mentre questi gli stava parlando, il Conte ne aveva fatto una caricatura. Con pochi ma sapienti tratti lo aveva immortalato su carta enfatizzandone i baffoni, la fascia tricolore a tracolla ed uno scranno dal quale si rivolgeva ad una folla acclamante.

Quel disegno, seppur ironico, aveva colto in pieno non solo i tratti estetici del professore ma, forse ancor più, le sue ambizioni represse e il suo narcisismo.

Con un gesto delicato, il Conte artista, chinò il capo e porse il disegno al suo interlocutore. Il sindaco lo prese, lo guardò con attenzione e poi, tronfio, gonfiò il petto e arricciò nuovamente i baffi.

Il viso ed il tono si fecero più morbidi e, rivolgendosi all'autore del disegno, il sindaco, ormai ammansito, disse: "Comunque, se non avesse un posto dove dormire, la cittadinanza tutta di Grumello, sarà lieta di darle ospitalità, mai stanca di fare del bene. BENE AGENDO NUNQUAM DEFESSUS".

Ancora una volta nessuna reazione vi fu da parte del nuovo arrivato.

Prima che facesse sera, si era già riunito una sorta di consiglio direttivo del paese che, manco a dirlo, era presieduto dal Sindaco Scannagatta. Gli altri membri erano la farmacista Dott.ssa Paolini donna dedita al volontariato e abile procacciatrice di donazioni, Giorgio Trieste proprietario dell'unico negozio di alimentari di Grumello e il prof. Ennio De Bonis un uomo di grande cultura e custode della biblioteca del borgo.

Il consiglio deliberò che:

- il Conte Achille Pastello sarebbe stato ospitato fino a data da stabilirsi, nella sagrestia della Chiesa di Santo Stefano, nella stanza prima occupata dalla perpetua del vecchio don Alvise che, don Paolo, non aveva voluto.

- il vitto sarebbe stato fornito dal negozio di Giorgio Trieste, orgoglioso di offrire un pasto caldo all'ospite

- la dottoressa Paolini, oltre ad assicurare un minimo di servizio medico al Conte alla bisogna, si offrì di organizzare in paese una raccolta di fondi per l'acquisto di nuovi vestiti

- il prof. De Bonis, si limitò ad offrire quello che aveva. Disse che sarebbe stato ben lieto di pagare il costo dei libri che il Conte avesse voluto noleggiare in biblioteca.

La decisione fu comunicata dalla pia dott.ssa Paolini a don Paolo, invocando i doveri di ospitalità del buon cristiano e della Chiesa tutta. Don Paolo, pur non entusiasta, accettò e fece preparare la stanza.

Ad incaricarsi di comunicarlo ad Achille Pastello fu Giorgio Trieste che portò con se anche il primo pasto al nuovo ospite.

Pastello, pur senza proferire una sola parola, mostrò di accettare l'ospitalità; si limitò a rimettere tutti i suoi averi nel baule e ringraziò, semplicemente, chinando più volte il capo verso i suoi ospiti.

Fu così che Grumello, ridente e pacifico borgo sulle rive del Vespro, accolse Achille Pastello come gradito ospite.

Almeno così sembrava.

I disegni del Conte Achille Pastello

Parte seconda

Dal mattino seguente, tutto riprese a scorrere a Grumello con il solito rassicurante rituale, arricchito da questo taciturno e curioso ospite e dal suo artistico bagaglio.

Nessuno, tuttavia, aveva ancora commissionato alcun disegno a pagamento al Conte Pastello che si era limitato, in quei giorni, ad eseguire qualche caricatura ai bambini che, di tanto in tanto, si avvicinavano timorosi alla sua postazione, sempre lì, accanto alla chiesa.

Trascorsero poche settimane e, una mattina, al centro della collezione appesa del Conte Pastello, in evidenza, apparve un nuovo disegno. Il disegno ritraeva un uomo, immerso in una vasca piena di soldi e gioielli che beveva champagne circondato da avvenenti donzelle.

Ancora una volta, fu Germano l'edicolante ad accorgersi per primo del nuovo disegno. Si fermò a guardarlo, era certo di aver già visto il soggetto di quel disegno ma non riuscì a riconoscere di che personaggio si trattasse.

Lo capì pochi minuti più tardi quando, come ogni mattina, passò Leone a comprare il giornale.

Germano ebbe l'illuminazione e gridò: "Leone! Il Conte Pastello ti ha fatto la caricatura! Cacchio, uguale! Vieni, te la faccio vedere".

Leone, sorpreso, seguì il suo amico ma, appena vide il disegno, la sua reazione fu tanto inaspettata, quanto violenta.

Con un rapido gesto prese il disegno, lo stappò e gettò per aria i pezzi. Con tono minaccioso si rivolse al Conte urlando: "Non ti devi permettere di prendere queste confidenze! Io non ti conosco neanche e, neanche tu, conosci me! Per cui lasciami in pace e non occuparti mai più degli affari miei! Capito?!".

Germano, sorpreso dal comportamento dell'amico, cercò di tranquillizzarlo e, prendendolo per un braccio, lo allontanò dall'impassibile artista dicendogli: "Dai, non te la prendere, quello che ne sa che fai il cassiere alle Poste.....Quello ti ha immaginato ricco sfondato...Potessi essere io ricco sfondato!". Dette poi una pacca sulla spalla all'amico che si allontanò per recarsi al lavoro.

Quando tornò, alla sera, ad accoglierlo trovò una sgradita sorpresa. Il Conte aveva rifatto lo stesso disegno, solo più grande, con più soldi, più gioielli, più donne e più champagne. Ancora una volta si scagliò con male parole verso l'artista ma, questa volta, a fermarlo furono diversi suoi concittadini.

Si sa che la calunnia è un venticello sottile ma, a Grumello, quel venticello, dal mattino fino a sera, era diventato un ciclone. Il chiacchiericcio di piazza, dapprima accompagnato da risolini, aveva commentato il disegno. Con sdegno, poi, si era interrogato sulla esagerata reazione di Leone e, pian piano, aveva cominciato a domandarsi il perché di tale reazione. Leone era l'uomo di fiducia di tutto il paese. A lui venivano affidati i risparmi che, Leone, si occupava di portare e versare all'ufficio postale dove lavorava.

Il primo a sollevare il dubbio fu il salumiere Giorgio Trieste. Il tarlo cominciò a serpeggiare e, fino a sera, tutto il paese fu coinvolto in un processo di piazza. Divisi tra colpevolisti e innocentisti, si decisero a chiedere conto a Leone, ciascuno delle proprie attività finanziarie.

Il processo, iniziato incredibilmente con una caricatura, mise alle strette Leone che, entro pochi giorni, si vide costretto a confessare che, negli anni, aveva sottratto soldi un po' a tutti i suoi compaesani e aveva sperperato i suoi soldi in lussuosi vizi che, Leone, si era curato di coltivare lontano da Grumello.

Se non fosse stato per il Conte Pastello, chissà per quanto sarebbe andata ancora avanti la vicenda.

Leone fu, evidentemente, costretto a lasciare il borgo.

Vedendolo uscire dalle mura, il sindaco Scannagatta, rivolgendosi ai Grumellesi affranti disse: "EMPTA DOLORE DOCET EXPERIENTIA" ed, arricciandosi il baffo, ammonì i compaesani, invitandoli a fare esperienza da una esperienza così dolorosa.

La delusione che l'intera Grumello sul Vespro provava nei confronti di Leone, era pari solo alla gratitudine verso il nuovo ospite che, grazie alla sua arte di strada, aveva svelato per tempo un inganno che, se perpetrato a lungo, avrebbe potuto portare alla rovina di tante famiglie.

Interrogato il Conte sul come egli avesse scoperto le malefatte di Leone, questi, pur non proferendo mai una sola parola, fece capire che lui non ne sapeva niente, che era solo un artista e che era stata la reazione del truffaldino a svelare la truffa e, non certo, il suo disegno.

Ci volle qualche settimana perché, l'acqua del Vespro, lavasse Grumello da questo spiacevole evento e perché, la tranquilla vita di del borgo, riprendesse a scorrere come sempre accompagnata dallo sciabordio del pacifico fiume.

Fino a che, un raggio di sole del mattino del primo giorno d'estate, illuminò un nuovo disegno di Achille Pastello.

I disegni del Conte Achille Pastello

Terza parte

Fu il prof. De Bonis, il bibliotecario, che, rientrando furtivo in casa, evidentemente dopo una notte passata fuori, notò per primo il nuovo disegno.

Lo guardò di sfuggita ma, nonostante ciò, capì subito che quel giorno, a Grumello, non si sarebbe parlato d'altro. Tuttavia, il timore di essere visto da qualcuno, o peggio, di diventare egli stesso oggetto di un disegno del Conte Pastello, gli consigliò di allontanarsi il prima possibile.

Che, questa volta, il Conte l'avesse fatta grossa, lo pensò anche Germano. Dal chiosco della sua edicola pensò anche che, l'artista, avesse preso un granchio mettendo in ridicolo la pia Dott.ssa Paolini, la farmacista, ed i suoi presunti peccati.

La Farmacista, zitella non più in età da matrimonio, era sempre stata considerata morigerata donna di Chiesa, pronta ad aiutare il prossimo e dedita alla preghiera. L'unico svago che si concedeva, era il pellegrinaggio settimanale al monastero del Santo Sepolcro, del comune limitrofo, per la recita del rosario insieme alle amiche della Onlus da lei fondata.

Ora, immaginare una donna di cotanta rigidezza morale, ad un tavolo da gioco, con un poker in una mano ed un lungo bocchino con un sigaretta stretto tra le labbra, era davvero impossibile. Eppure così l'aveva disegnata il Conte Pastello.

E non vi era neppure alcun dubbio che il soggetto del disegno fosse lei. Il labbro inferiore cadente, gli occhialini sulla punta del naso ed i capelli pettinati con un grosso tuppo.

Insomma, era proprio lei e, l'averla disegnata con indosso il camice da farmacista, ne era solo la conferma.

Tutto il paesino già ne stava parlando quando, poco dopo mezzogiorno, la dottoressa Paolini, appena chiuso il negozio, si avviò verso la Chiesa per la consueta preghiera dì mezzodì.

Appena vide il disegno, trasalì e, facendo ripetuti segni della croce, affrettando il passo, corse nella Chiesa e chiuse il portone dietro le sue spalle.

Il Conte Achille continuò, indifferente all'accaduto, a fare la punta ai carboncini con un piccolo coltellino. Neppure il forte rumore del portone lo fece sobbalzare.

La donna rimase chiusa nella Chiesa fino all'imbrunire; ne uscì in lacrime accompagnata da don Paolo.

Nel frattempo, nella piazzetta antistante la parrocchia, tutta Grumello si era riunita perché, ancora una volta, sembrava che il disegno del Conte avesse colto nel segno.

In un montare di congetture più o meno fantasiose, gli abitanti del borgo si interrogavano sulle sordide attività tenute nascoste dalla Dott.ssa Paolini. Ci si chiedeva, ad esempio, se le ripetute raccolte dei fondi organizzate dalla farmacista, non servissero in realtà a finanziare equivoci tavoli da gioco.

Peraltro, fu solo in quel momento, che tutti si resero conto di aver dato alla pia donna i soldi per il nuovo vestito e, invece, il Conte Pastello indossava ancora i logori panni con i quali si era presentato in paese qualche tempo prima.

Fu don Paolo a prendere la parola. "Il Signore, per il mio tramite, ha concesso alla dott.ssa Paolini la sua assoluzione per i peccati che ella ha commesso sulla terra. Peccati resi ancor più gravi perché perpetrati con l'inganno"

"Facendo leva sull'amore verso il prossimo e destinando le risorse donate col cuore alla perdizione, la signora Paolini, non solo ha ingannato voi, ha ingannato se stessa ed ha ingannato tutti i bisognosi. Ora, a seguito del suo pentimento, il buon Dio le ha concesso il perdono per la vita eterna e le spalancherà comunque, quando la chiamerà al suo cospetto, le porte del paradiso. Spetta a noi, in un ulteriore ed estremo atto di fede, concederle il perdono per la vita terrena".

Il buio stava ormai incalzando e lo sdegno dei Grumellesi montava. Il Conte, mentre ancora don Paolo stava proferendo le ultime parole del suo accalorato discorso, ripose gli oggetti nel baule, arrotolò i disegni ed, infine, chiuse il cavalletto. Si stava accingendo ad entrare in Chiesa quando, dalla folla, si levò un urlo.

"Un applauso al Conte Achille!". Era il salumiere Giorgio Trieste il quale, per inciso, non aveva mai sopportato la dott.ssa Paolini. "Grazie a lui, si è fatta pulizia a Grumello".

L'applauso dalla piazza si levò lentamente. Forse gli armadi di molti grumellesi nascondevano tali e tanti scheletri per cui temevano di incoraggiare, con quell'applauso, l'attività inquisitoria dell'artista.

"Forza amici! Un applauso al Conte Achille! Non avrete mica paura?!".

Solo allora, tutti, indistintamente, batterono le mani nel timore che si potesse pensare che avessero la coscienza sporca.

"Secondo me lo dobbiamo cacciare!".

Una voce forte e profonda si sentì uscire dalla Chiesa, accompagnata da un riverbero che ne rese il tono aulico e potente. Tacquero tutti fintanto che, dal portone della Chiesa, non uscì colui al quale, la voce, apparteneva.

Era Pierino il sagrestano.

Pierino, uomo umile e non certo di dotato di acume spiccato, provò ad arringare la folla con il suo tono timido che, privo del riverbero della Chiesa ed accompagnato da una leggera balbuzie, aveva perso ogni forza di convincimento.

Fu sopraffatto da Giorgio Trieste, il salumiere, che ancora una volta prese la parola.

"Macché cacciare!!! Quest'uomo è stato inviato dalla Provvidenza per fare pulizia nel nostro amato borgo!".

La folla applaudiva incerta, più per dovere che per convinzione. La "voglia di sangue del branco" si scontrava con la paura di ciascuno di essere messo alla gogna per i propri peccati nascosti.

"Non fermarti Conte Achille! Cerchiamo la verità! Il Signore cerca la verità".

Il Conte che stava per ritirarsi nella sua stanza, si fermò un attimo, fece due passi indietro, fissò dritto negli occhi proprio Giorgio Trieste. Gli occhi grandi tennero fisso lo sguardo verso il salumiere che provò a reggerlo ma, assalito da un brivido che gli corse lungo la schiena, chinò il capo.

Achille Pastello accennò un sorriso ed entrò in chiesa.

Quella sera, sul tardi, si tenne un nuovo consiglio direttivo segreto e ristretto per decidere del futuro della presenza del Conte Achille Pastello a Grumello sul Vespro.

I disegni del Conte Achille Pastello

Quarta parte

Il consiglio direttivo che si tenne a Grumello quella sera fu tanto ristretto quanto segreto. Rispetto all'ultimo che si era tenuto, proprio per dare accoglienza al Conte Pastello, quella sera mancavano due elementi.

La dott.ssa Paolini, infatti, era stata fatta fuori dagli eventi che l'avevano travolta e, il salumiere Trieste, non era ben accetto in quel caso perché aveva, evidentemente, un punto di vista diametralmente opposto a quello dei rimanenti membri del consiglio.

E già, perché la riunione che si tenne tra il sindaco Prof. Scannagatta ed il bibliotecario prof. De Bonis, aveva il chiaro intento di trovare una strategia mirata a cacciare da Grumello l'ingombrante artista e, allo stesso modo, non destare il sospetto nei compaesani che i due avessero di che temere dall'opera inquisitoria del Conte.

Sia ben chiaro che, nessuno dei due, seppur nel ristretto ambito del comitato, dichiarò un qualsivoglia interesse personale nella cacciata del Pastello. In un turbine di citazioni latine, i due fecero a gara nell'alzare più in alto il vessillo dell'interesse generale e del quieto vivere dell'amato borgo.

La discussione iniziò con Scannagatta che, con il consueto gesto di toccarsi il baffo, riferendosi al rischio che l'attività del Conte potesse fare più male che bene, sentenziò "Abyssus abyssum invocat. (L'abisso invoca l'abisso)".

Ed i due si congedarono con De Bonis che, quasi dispiaciuto della decisione che egli stesso aveva contribuito a prendere, citando Tommaso d'Aquino, riferì che non era giusto far prevalere il loro interesse particolare all'interesse generale del paese. Infatti, seppure loro erano uomini integerrimi che, in nessun caso, sarebbero mai potuti essere oggetto dei disegni del Conte, era interesse di tutti i Grumellesi e della loro fallace vita terrena, che entro sette giorni, il Conte, lasciasse Grumello e, seguendo la via del Vespro, si allontanasse quanto più possibile da loro.

E, ad evitare che qualcuno potesse pensare che la loro decisione potesse nascondere peccati inconfessabili, si decise anche che, al Conte ed al paese, la decisione venisse comunicata da un uomo al di sopra di ogni sospetto: don Paolo.

Ancora una volta, il parroco, accettò le deliberazioni del consiglio, ma ammonì i due professori ricordando loro che allontanare il giudice, non rende meno grave il reato e che, comunque, sarebbe stato troppo tardi.

Sibilline furono le parole con le quali il prelato si accomiatò dai due: "Troppe cose sono accadute a Grumello ed altre ben più gravi ne potranno accadere, per pensare che cacciare un semplice artista di strada possa ripotare la pace in questo borgo. In certe cose, indietro, non si torna!".

Poi, don Paolo, si voltò di scatto e, allontanandosi nel buio della sagrestia, lasciò i due soli nella Chiesa, esattamente sotto il crocifisso, ad interrogarsi sul significato delle parole appena ascoltate.

L'unica consolazione per Scannagatta, De Bonis e, probabilmente, per chissà quanti altri grumellesi, era che, il Conte Achille Pastello, entro sette giorni sarebbe sparito per sempre.

Evidentemente, non avevano calcolato che, sette giorni, per le puntuta e rivelatrice matita del conte, erano più che sufficienti per gettare definitivamente nello scompiglio il borgo sul Vespro.

E, si badi bene, il disegno in cui Pastello ritrasse il sindaco Scannagatta abbracciato alla vigilessa

Eleonora con in grembo un pargolo, sebbene rivelasse lo scandalo di una doppia relazione extraconiugale e la presenza di un figlio della colpa, nulla era ancora se rapportato agli eventi che, pochi giorni dopo, sarebbero accaduti.

Lo scandalo sessuale fece, in un sol colpo, perdere l'incarico ad Eleonora che fu, saggiamente, trasferita in un altro paese, e perdere a Scannagatta i suoi tre immeritati titoli di professore, di sindaco e di assessore.

Sembrava, quello, l'occhio del ciclone che aveva travolto Grumello negli ultimi mesi. Ci si aspettava, dunque, la quiete dopo la tempesta, anche perché era il sesto giorno dall'editto del comitato direttivo del Paese e, l'indomani, il Conte Pastello sarebbe andato via, lasciando dietro di se una storia di strani disegni satirici che avevano lavato il peccato nel paese.

Ma, il settimo giorno, la sorpresa che l'edicolante Germano trovò appoggiato al muro della Chiesa fu ben più inquietante di un satirico disegno.

Sulla scalinata, con la schiena rivolta verso la piazza ed il volto poggiato sul muro della Chiesa, c'era un cadavere in una pozza di sangue.

I disegni del Conte Achille Pastello

Ultima parte

A rendere ancora più sconvolgente il fatto delittuoso, peraltro il primo mai avvenuto a Grumello, erano le condizioni del cadavere.

Il morto giaceva completamente nudo ed insanguinato proprio nel posto solitamente occupato, negli ultimi mesi, dalla postazione del Conte Achille che, per inciso, quella mattina non c'era.

Non era lì e, nessuno, lo aveva visto in giro.

Le grida di allarme dell'edicolante fecero accorrere l'intero paese in piazza e, quell'orribile spettacolo, fu di dominio pubblico.

Le madri coprirono gli occhi dei propri bambini, quando, Giorgio Trieste, con un atto di coraggio, si avvicinò al cadavere e lo voltò. Nonostante una smorfia di terrore fosse ancora impressa sul volto del morto e quasi ne alterasse le fattezze, fu abbastanza facile per tutti riconoscerlo.

Era Pierino il sagrestano.

La folla, nell'ondata di panico generale che la stava travolgendo, provò ad interrogarsi su chi mai avesse potuto fare un gesto simile ad una persona che, seppur dal carattere un po' burbero, era pur sempre un debole ed un indifeso. L'acredine che Pierino aveva fin dal primo momento manifestato nei confronti del Conte e, l'assenza improvvisa dello stesso, fecero balzare subito alcuni a sommarie conclusioni.

Quello che era diventato un ospite fin troppo ingombrante, diventò rapidamente uno spietato assassino.

Giorgio Trieste, uno dei pochi strenui difensori dell'artista e, forse, l'unico nel borgo a mantenere ancora un po' di lucidità, invitò tutti a mantenere la calma ed a ragionare prima di giungere a rapide conclusioni.

Consigliò, ad esempio, di seguire la scia di gocce di sangue che, evidentemente, Pierino aveva lasciato dietro di se, nel vano tentativo di fuggire dal suo aggressore e di rifugiarsi tra le mura della Chiesa.

Come uno stormo di uccelli che, rapidamente, nel cielo cambia improvvisamente direzione, la gremita piazza si voltò e segui con passo svelto la scia insanguinata. Le gocce guidarono la folla fino alla biblioteca del dott. De Bonis.

Sulla porta, un disegno del Conte Achille.

Erano ritratti i corpi nudi di Pierino e del Prof. De Bonis in un equivoco gioco erotico. De Bonis era raffigurato con un coltello insanguinato in mano ed appeso per il collo, con un cappio, ad una trave.

E fu proprio così che lo trovarono nell'atrio della biblioteca; il corpo giaceva penzoloni, nudo, con il viso bluastro. Ai suoi piedi, il coltello insanguinato.

Le tenebre del male avevano ormai avvolto definitivamente Grumello e, come aveva pronosticato pochi giorni prima don Paolo, fatti sempre più gravi stavano accadendo in paese.

Forse, l'assassino, era il timido e riservato De Bonis che temeva che la sua torbida vita sessuale venisse alla luce.

O, forse, l'assassino era proprio quel dannato Conte che ora, con il suo ultimo disegno, cercava di confondere gli abitanti del borgo.

Quando furono invocate le parole di don Paolo, uno alla volta, i Grumellesi, si resero conto che il parroco, quella mattina, non si era visto. Temendo il peggio, la folla si diresse nuovamente verso la Chiesa chiamando a gran voce il nome del parroco.

Il portone era appena socchiuso e, quando entrarono, una calda folata di vento li investì. Entrarono intimoriti e preoccupati. Scannagatta e Trieste continuarono, seppur con un filo di voce, a chiamare don Paolo.

Nessuna risposta arrivò a quelle voci che riverberavano all'infinito tra le spesse mura della chiesa.

Attraversarono tutta la navata centrale verso l'altare. Scannagatta, infilandosi tra le panche, si diresse verso il confessionale.

Aprì lentamente la porticina finemente intagliata che, nell'aprirsi, emise un cigolio sinistro che invase la Chiesa facendo sobbalzare tutti i presenti. Lentamente, poi, scostò la pesante tenda di velluto..... il confessionale era vuoto.

Percorse, dunque, la navata destra e si ricongiunse al gruppo che, nel frattempo, si accingeva ad entrare nella sagrestia.

Anche qui, di don Paolo, non c'era traccia. L'ambiente era tutto in ordine con gli abiti del prelato, ordinatamente appesi, ed alcuni ceri appoggiati ad uno stipite.

Eleonora, con in braccio la figlia, si avvicinò alla stanza adiacente a quella della sagrestia. Era totalmente buia; né una luce, né un raggio di sole riuscivano a penetrare l'oscurità di quell'ambiente.

Andando a tentoni, provò a cercare l'interruttore al lato della porta. Lo trovò ma, quando provò a premerlo, non accadde nulla. Aiutata allora da Scannagatta che, nel frattempo, le si era avvicinato, accese uno dei ceri e, tenendolo davanti a se con un braccio teso, entrò nella stanza.

Illuminò lentamente la parete di fronte e riuscì a scorgere un disegno. Avvicinandosi ancora, riconobbe don Paolo nel disegno. Il tratto era, inconfondibilmente, quello del Conte. Don Paolo era ritratto di spalle, con il capo voltato a tre quarti che lasciava intravedere un sorriso beffardo.

La tenue luce del cero, non consentiva di illuminare il disegno per intero e, pertanto, Eleonora, lo muoveva in alto ed in basso, a destra ed a sinistra, per cercare ogni dettaglio. Si accorse, così, che il parroco era raffigurato con in mano una sorta di guinzaglio.

Avvicinò ancora la fiammella del cero alla parete e la fece scorrere lungo il filo del guinzaglio per vedere cosa ci fosse all'altro capo.

All'improvviso il filo finì e, la luce, che improvvisamente si fece più intensa, illuminò una figura dalle fattezze demoniache.

L'urlo spaventoso che uscì dalla gola di Eleonora, fece spegnere il cero; nello stesso momento, la bimba che teneva in braccio, iniziò un pianto disperato. Eleonora cercò, nel buio l'abbraccio rassicurante di Scannagatta.

Sentito l'urlo, entrarono nella stanza altre persone che, per fare più luce possibile, accesero tutti i ceri che trovarono in sagrestia. Con questa luce, più intensa, fu possibile vedere, tutto insieme, il disegno che il Conte aveva lasciato sulla parete della stanza.

Era molto grande, c'era appunto don Paolo ed, al suo guinzaglio, proprio il Conte in un autoritratto in cui si era dipinto con tratti diabolici.

Gli occhi iniettati di sangue, il viso scavato, gli artigli alle mani e una coda appuntita. Si era immortalato con una espressione terrificante. Aveva la bocca aperta e, il nero con il quale aveva ritratto l'interno della sua gola, sembrava potesse inghiottire chiunque vi si fosse avvicinato troppo.

La paura e lo sgomento si impadronirono dei presenti. Chi era, dunque, il conte Achille e che ruolo aveva in questa storia don Paolo il prete che invano aveva provato a redimere quelle genti?

La presenza di tante persone in un ambiente piccolo e la fiamma dei ceri, resero l'aria caldissima ed irrespirabile. Pian piano tutti uscirono dalla stanza prima e dalla sagrestia poi, avviandosi verso l'uscita della Chiesa.

Un improvviso soffio di vento, fece spalancare il portone e fece sfogliare le pagine di un libro lasciato vicino all'altare.

In coda al gruppo era rimasto Giorgio Trieste che, lentamente, si avvicinò al leggio.

Era certamente un libro antico, con pagine riccamente decorate con pregevoli decorazioni dorate. Il vento aveva aperto il libro ad una pagina con incisa una grande miniatura che ritraeva un monaco, alle porte di in città fortificata, che teneva al guinzaglio un cane dall'aspetto diabolico.

Sotto, con carattere gotico antico, una scritta latina, cerchiata in rosso, che, Trieste, non fu in grado di interpretare.

"Scannagatta presto! Venite a vedere!"

Il professore si avvicinò al leggio e poi, per illuminarlo meglio, lo mise al centro dell'altare dove arrivava un fascio di luce colorata creatosi grazie ad un raggio di sole che attraversava il rosone della Chiesa. La miniatura si riferiva alla storia di un antico monaco che rientrava in una città perduta nel peccato da dove, egli stesso, era stato cacciato dai cittadini, sordi alla sua opera di conversione.

Lesse poi la scritta Latina cerchiata con l'inchiostro rosso.

All'improvviso, dal fondo della chiesa qualcuno gridò: "Allora? Professor Scannagatta, cosa c'è scritto?".

Scannagatta, in piedi dietro l'altare, chiuse il pesante libro, vi posò su i suoi occhiali e, arricciandosi i baffi disse "Quando Dio si arrende, è costretto ad invocare il diavolo".

Fine